Peppa adore le yoga

Adapté par Lauren Holowaty
Texte français d'Isabelle Allard

Catalogage avant publication de Bibliothèque et Archives Canada

Titre: Peppa adore le yoga / adapté par Lauren Holowaty ; texte français d'Isabelle Allard.
Autres titres: Peppa loves yoga. Français. | Peppa Pig (Émission de télévision)
Noms: Holowaty, Lauren, auteur. | Astley, Neville, créateur. | Baker, Mark, 1959- créateur.
Collections: Peppa Pig (Scholastic (Firme))
Description: Mention de collection: Peppa Pig | Traduction de : Peppa loves yoga. |
Ce livre est basé sur la série télévisée *Peppa Pig. Peppa Pig* est une création de Neville Astley et Mark Baker.
Identifiants: Canadiana 20220207224 | ISBN 9781443198318 (couverture souple)
Classification: LCC PZ23.H645 Pe 2022 | CDD j823/.92—dc23

Cette édition est publiée en accord avec Entertainment One.
Ce livre est basé sur la série télévisée *Peppa Pig*.
Peppa Pig est une création de Neville Astley et Mark Baker.

Édition publiée par les Éditions Scholastic, 604, rue King Ouest, Toronto (Ontario) M5V 1E1, Canada.

5 4 3 2 1   Imprimé au Canada 119   22 23 24 25 26

MIXTE
Papier issu de sources responsables
FSC® C103113

Les enfants ont été très occupés ce matin. Peppa et ses amis ont joué d'un instrument de musique, se sont déguisés et ont fait du bricolage.

— Maintenant, nous allons recevoir de la visite, dit Madame Gazelle.

— Oh! s'écrient les enfants.

Ils se demandent qui est le mystérieux visiteur.

Driiiing!
Driiiing!

On sonne à la porte. Les enfants sont impatients de savoir qui est là.

C'est Mlle Lapin qui leur rend visite! Les enfants sautent de joie.

— Namaste, dit Mlle Lapin en joignant les mains pour les saluer. C'est ainsi qu'on dit bonjour avant de faire du yoga.

— C'est quoi, le yoga? demande Danny Chien en agitant les bras.

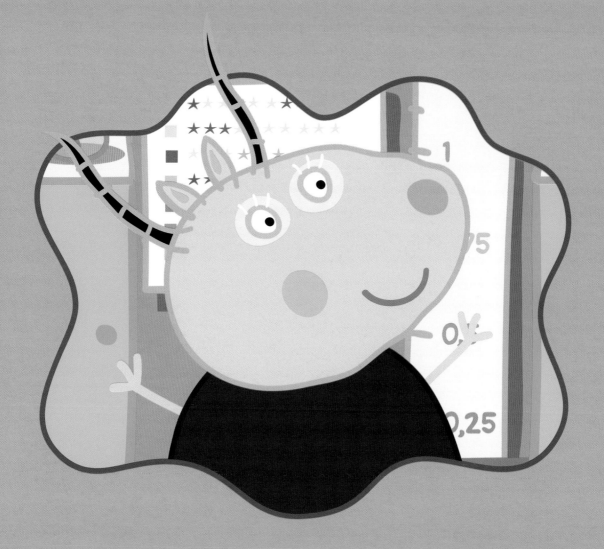

— C'est une façon de se détendre, explique Madame Gazelle. C'est un peu comme se reposer. Quand on est tendu, le yoga est un bon moyen de se calmer et de relaxer.

Peppa et ses amis arrêtent
de sauter.
— Namaste, disent-ils
en saluant lentement Mlle
Lapin.

Comment prononcer namaste :
na-ma-**sté**

Madame Gazelle a raison. Les enfants se sentent un peu plus calmes. Ils suivent Mlle Lapin à l'extérieur.

Chacun s'assoit sur un tapis.
— Joignez vos index et vos pouces,
et fermez les yeux, dit Mlle Lapin.
Les enfants font ce qu'elle demande.

Ils inspirent lentement par le nez.
— Un... deux... trois, dit Mlle Lapin.
— Pfouuuuu, expirent les enfants.

— Nous allons faire la posture de l'arbre, dit
Mlle Lapin. Tenez-vous sur une jambe en restant
aussi immobiles qu'un arbre.
Tout le monde imite Mlle Lapin.

— Placez une jambe en avant et fléchissez-la pour prendre la posture du guerrier, dit Mlle Lapin. Un peu comme des surfeurs.

Les enfants se mettent en position.
Ils aiment être des surfeurs!

— Danny, tu vas aimer
la prochaine posture, dit
Mlle Lapin en posant les mains
au sol et en soulevant sa queue
dans les airs. Ça s'appelle le
chien tête en bas.

Ensuite, Mlle Lapin s'étire vers le haut comme un serpent.
— Celle-ci s'appelle le cobra.

Enfin, Mlle Lapin baisse la voix et chuchote :

— Maintenant, on se repose. Étendez-vous sur le dos pendant que je compte lentement. Un... deux... trois...

C'est l'heure où les parents
viennent chercher leurs enfants.

— Les enfants ont fait du yoga, explique Madame Gazelle.

— Ils ont l'air très détendus, dit Papa Cochon.

— Le yoga est excellent pour se détendre, dit Madame Gazelle. Je crois qu'on devrait en faire chaque jour! Tout le monde adore le yoga!

Essaie de faire du yoga comme Peppa!

Peppa et ses amis ont bien aimé recevoir la visite de Mlle Lapin. Mais on peut faire du yoga n'importe où. Voici quelques conseils pour intégrer des exercices de yoga à ton quotidien et te détendre.

❖ Prends une grande inspiration par le nez. Compte jusqu'à trois. Puis expire par la bouche.

❖ Tiens-toi droit. Remonte tes bras de chaque côté en t'étirant jusqu'à ce qu'ils se rejoignent au-dessus de ta tête. Puis abaisse-les.

❖ Ferme les yeux et compte jusqu'à trois.

❖ Essaie la posture de l'arbre ou la posture assise.